PETITES POÉSIES

POUR LES

FÊTES DE FAMILLE

LE JOUR DE L'AN, LES ANNIVERSAIRES

accompagnées

D'UN CHOIX DES PLUS JOLIS QUATRAINS

CHOISIS

PAR Mme PAULINE LARRIVIÈRE

PARIS

LIBRAIRIE FRANÇAISE ET ANGLAISE DE J.-H. TRUCHY

26, boulevard des Italiens, 26

PETITES POÉSIES

POUR LES

FÊTES DE FAMILLE

LE JOUR DE L'AN, LES ANNIVERSAIRES

accompagnées

D'UN CHOIX DES PLUS JOLIS QUATRAINS

CHOISIS

PAR MME PAULINE LARRIVIÈRE

Belles comme vos sentiments,
Ces fleurs plairont à vos mères :
Cueillez-les charmants enfants,
Pour vos fêtes les plus chères.

PARIS

LIBRAIRIE FRANÇAISE ET ANGLAISE DE J.-H. TRUCHY

26, boulevard des Italiens, 26

Paris. — Jules Bonaventure, imprimeur, quai des Grands-Augustins, 55.

VERS

A L'OCCASION DU JOUR DE L'AN

ÉTRENNES

D'UN PETIT ENFANT A SON PAPA ET A SA MAMAN.

Dans ce jour où souvent, en termes éphémères,
On donne à l'amitié les tributs les plus doux,
Je fais, pour toi, Papa, mille souhaits sincères,
Bonne et tendre Maman, j'en fais autant pour vous.

COMPLIMENT

A UN PÈRE PAR UN JEUNE ENFANT.

L'an passé je t'offris mon cœur,
En te disant : « Papa, je t'aime. »
Pour te payer de mon bonheur,
Aujourd'hui je le dis de même.

VERS

A UNE GRAND'MÈRE, PAR SES PETITS-ENFANTS, LE JOUR DE L'AN.

Quand vous nous prodiguez tant de soins et d'amour,
Souffrez que par nous tous vous soyez vénérée,
Et que vos petits-fils chantent du moins un jour
Les bienfaits de toute l'année.

COMPLIMENT

D'UN FILS A SON PÈRE ET A SA MÈRE, LE JOUR DE L'AN.

D'une mère le tendre amour
Répand sur son enfant, pendant toute l'année,
Ses bontés et ses soins comme le premier jour.
La reconnaissance à son tour
Ne doit jamais être bornée.
Recevez mes sincères vœux
Pour le plus respectable et le plus tendre père,
Dont le soin le plus cher est de me rendre heureux
Et d'embellir les destins d'une mère.

COUPLETS

D'UN ENFANT A SON PÈRE, LE PREMIER JOUR DE L'AN.

Vous m'avez donné la naissance,
Et puisque je vous dois le jour,
Je veux par mon obéissance
Vous prouver quel est mon amour.

Quels vœux formerai-je, ô mon père !
Qui puissent vous faire plaisir ?
Si j'ai le bonheur de vous plaire,
Mon cœur n'aura plus de désir.

COMPLIMENT

D'UN PETIT-FILS A SON GRAND-PAPA, AU NOUVEL AN.

Grand-papa, je ne puis rimer !...
Quand vous m'aurez donné les miennes,
Je n'ai qu'un cœur à vous donner,
Pour vos étrennes !

COMPLIMENT

D'UN PETIT ENFANT A SES PARENTS, POUR LE NOUVEL AN.

Prenez pitié de mon enfance,
Je ne sais faire un compliment;
Mais comptant sur votre indulgence
Je viens vous dire simplement :
« O chers parents, que je vous aime ! »
Si vous me le dites de même,
En me pressant sur votre cœur,
Rien n'égalerait mon bonheur
Et mon plaisir serait extrême !

COMPLIMENT

D'UN PETIT ENFANT A SON PÈRE, AU NOUVEL AN.

Ce n'est point, cher Papa, mon esprit que j'implore ;
Car sans lumière, hélas ! il ne saurait encore
Former des chants dignes de vous ;
Mais de ces sentiments mon jeune cœur jaloux
Préfère aux doux présents de Flore
Le plaisir enchanteur de dire à vos genoux :
« Je vous révère et vous adore. »

COMPLIMENT

D'UN FILS A SA MÈRE, LE JOUR DE L'AN.

Être pressé tout le jour dans tes bras,
Te voir souvent me chercher, me sourire,
Est un destin rempli d'appas
Qui rend ton fils heureux, bien plus qu'il ne peut dire.

Ah ! pour jouir d'un semblable bonheur,
J'abjure à jamais la paresse;
Ma mère, par une caresse,
Fait rentrer le désir de la gloire en mon cœur.

COMPLIMENT COLLECTIF

A UN PÈRE ET A UNE MÈRE, PAR LEURS ENFANTS, LE PREMIER DE L'AN.

Près de vous dans cet heureux jour,
Amenés par notre tendresse,
Nous revenons de notre amour
Vous renouveler la promesse.
Vous verrez, ô très-chers Parents,
A nos travaux, à notre zèle,
Que notre cœur à ses serments
Saura toujours rester fidèle.

BOUQUET

D'UNE JEUNE DEMOISELLE A SA MÈRE, EN LUI ENVOYANT, POUR ÉTRENNES, UN OUVRAGE DE TAPISSERIE.

La politesse mensongère,
Ses grands mots, son zèle et ses vœux,
Sont une étrenne assez légère,
Ah! Maman doit attendre mieux :
Tous les souhaits de bonne année,
Avant la fin de la journée,
Seront bien loin de ton esprit;
Mais tu te souviendras, je gage,
De la main qui fit cet ouvrage
Et de celle qui te l'offrit.

QUATRAIN

POUR LE PREMIER DE L'AN, ENVOYÉ PAR UN PETIT GARÇON A SON FRÈRE AINÉ, COLLÉGIEN.

En ce jour où la rhétorique
De phrases vide sa boutique,
Frère! veux-tu savoir mes vœux ?
Je n'en fais qu'un... qu'il soit heureux.

COMPLIMENT

DE DEUX ENFANTS, UN FRÈRE ET UNE SOEUR, QUI ONT OBTENU DES PRIX A L'ÉCOLE, LE NOUVEL AN.

Papa, Maman, voici le jour
Où vos enfants, remplis du plus beau zèle,
Vous jurent une foi nouvelle
Et le plus immuable amour.
Vous avez vu la fin de l'autre année
Remplir tous les serments que nous vous avions faits;
Et pour combler tous vos souhaits,
Nous accomplirons ceux faits en cette journée.
Ah! puissions-nous toujours, pour prix de nos succès,
Obtenir au retour la récompense chère
Dont aujourd'hui nos cœurs sont satisfaits :
Les doux baisers d'un Père et d'une Mère.

UN PETIT GARÇON

A SA SOEUR AINÉE, HENRIETTE, AU NOUVEL AN.

Aujourd'hui pour mon Henriette,
Que de vœux ne va-t-on pas faire!...
Quant à moi je ne lui souhaite
Que tout ce qui pourra lui plaire.

BOUQUET

A UNE AMIE, EN LUI ENVOYANT DES FLEURS
AU NOUVEL AN.

Au Jour de l'an, jour d'embarras,
Chacun voudrait avoir le pas :
Ces désirs sont aussi les nôtres :
Dans les fleurs que tu recevras,
Par amitié ne confonds pas
Celles-ci parmi les autres.

COMPLIMENT

D'UN NEVEU A SON ONCLE, AU JOUR DE L'AN,
EN LUI FAISANT UN PRÉSENT.

Il faudrait joindre un compliment
Pour obéir au vieil usage.
A chaque jour, à chaque instant,
Lorsque je t'aime davantage
Qu'est-il besoin de compliment?

COMPLIMENT

D'UNE FILLEULE A SA MARRAINE, EN LUI PRÉSENTANT UN PETIT
OUVRAGE, FAIT DE SA MAIN, AU NOUVEL AN.

De mon amour, de mon respect
Marraine, c'est le faible gage :
Si ton cœur en est satisfait,
Le mien n'en veut pas davantage.

COMPLIMENT

D'UN JEUNE GARÇON OU D'UNE JEUNE FILLE A LEUR MARRAINE, POUR LE JOUR DE L'AN.

Au Jour de l'an, à sa Marraine
Négliger d'apporter ses vœux,
C'est une faute qui me peine;
Y tomber jamais je ne veux.
La Marraine est presque une mère,
Qu'on ne saurait assez chérir,
Heureuse autant que je l'espère
Et bien longtemps... C'est mon désir.

E. DE M.

POUR UNE FILLEULE OU UN FILLEUL A SON PARRAIN.

En ce jour de bonheur, dans ma petite tête,
Je cherchais à te faire un discours, cher Parrain.
Au lieu d'esprit, mon cœur trouve un vœu pour ta fête :
Toi qui fais mes beaux jours : que tes jours soient sans fin.

POUR UNE FILLEULE A SA MARRAINE.

N'attends pas un grand compliment
D'une aussi petite filleule;
Mais elle en redit un souvent
Qu'elle a composé toute seule.
Il n'est formé que de deux mots
Qui disent plus qu'ils ne sont gros.
Répète-les, chère Marraine,
Ces deux simples mots sont : Je t'aime.

MME S...

POUR UN FILLEUL A UNE MARRAINE.

A chercher, ton petit filleul
Ne veut pas torturer sa tête.
Son cœur a composé tout seul
Un compliment vrai pour ta fête.
Il n'est formé que de deux mots
Qui disent plus qu'ils ne sont gros.
Répète-les, chère Marraine.
Ces deux simples mots sont : Je t'aime.

MME S.

COMPLIMENT

D'UN PETIT GARÇON OU D'UNE PETITE FILLE, A UN PROTECTEUR OU BIENFAITEUR, A L'OCCASION DU NOUVEL AN.

A vous offrir des vœux bien doux,
Mille voix aujourd'hui sont prêtes.
Mon cœur n'en forme qu'un pour vous :
Soyez toujours ce que vous êtes !

COMPLIMENT

A UN BIENFAITEUR, LE JOUR DU NOUVEL AN.

Un cœur sincère et de timides vœux,
C'est tout ce que je puis vous offrir pour hommage.
L'éloge le plus juste est rejeté du sage.
Si mon zèle respectueux
Ne me condamnait au silence,
Ce que je sens serait dicté
Par la vive reconnaissance,
Confirmé par la vérité.

VERS

A L'OCCASION DES FÊTES, ANNIVERSAIRES

ETC.

BOUQUET

A UN PAPA OU A UNE MAMAN.

Pour te fêter j'ai fait un gros bouquet,
Et par dessus, il faut que je t'embrasse;
Pour que je sois encor plus satisfait,
Sur ton cœur, { cher Papa,
ô Maman, } permets que je le place.

COUPLET

CHANTÉ PAR UN ENFANT A SA MAMAN, LE JOUR DE SA FÊTE.

Chacun vous aime et vous chérit :
Vous en faites l'expérience,
Et la vérité, comme on dit,
Sort de la bouche de l'enfance :
Vous plaire est mon plus cher désir,
Il va s'augmenter avec l'âge ;
Car je ne demande à grandir
Que pour vous aimer davantage.

M. DAMAS.

COMPLIMENT

D'UN JEUNE ENFANT A SA MÈRE.

Pour vous remercier des soins de mon enfance,
Je ne saurais encore assez bien m'exprimer ;
Mais je sais déjà vous aimer,
Et mon cœur vous répond de sa reconnaissance.

BOUQUET

D'UN PETIT ENFANT A SA MÈRE.

Je voudrais bien, chère Maman,
Te faire un joli compliment,
Pour te bien souhaiter ta fête ;
En vain je me creuse la tête,
En vain j'invoque mon esprit...
Je suis si petit!...

ENVOI

D'UN BOUQUET A UNE MÈRE.

Partez, aimables fleurs ; sur le sein de ma Mère
Votre destin vous place dans ce jour :
Rappelez-lui mon respect, mon amour ;
Redites-lui combien je la révère !
Et demandez pour moi quelque retour.

COUPLET

PRÉSENTÉ A UNE MÈRE, LE JOUR DE SA FÊTE, PAR SA FILLE CADETTE.

Deux jeunes plantes, en ce jour
Que leur rend si cher la nature,
Voudraient bien payer ton amour
Des soins donnés à leur culture.
Ma sœur est déjà fleur, dit-on,
Je ne suis pas encore éclose;
Mais ne faut-il pas un bouton
Pour donner du prix à la rose?

BERQUIN.

COMPLIMENT

D'UNE PETITE FILLE A SA MÈRE, LE JOUR DE SA FÊTE.

Je désirais te présenter
Un riche bouquet pour ta fête ;
Mais il en faudrait emprunter,
Et personne, dit-on, ne prête.
A défaut de tout autre don,
De bijoux, de fleurs, de guirlandes,
Je t'offre baisers à foison,
A charge que tu me les rendes.

COMPLIMENT

D'UN JEUNE ÉCOLIER A SON PÈRE.

J'ai feuilleté mon rudiment
Avec un soin extrême ;
J'ai trouvé pour tout compliment,
Amo te, « je vous aime. »

COUPLETS

A RÉCITER PAR UN PETIT ENFANT, DANS UNE RÉUNION DE FAMILLE, A L'OCCASION DE LA FÊTE D'UNE MÈRE OU D'UN PÈRE.

C'est l'amitié qui nous rassemble ;
Elle se plaît dans ce pays.
Chantons et célébrons ensemble
Le jour qui nous a réunis.

Je viens à Maman rendre hommage
Du tendre amour qu'elle a pour nous ;
Si ce devoir est un usage,
Nos cœurs trouvent qu'il est bien doux.

Sous vos lois et sous votre empire
Nous coulons les jours les plus beaux :
Vous aimer et vous le redire
Sont des plaisirs toujours nouveaux.

BOUQUET

A UNE GRAND'MÈRE LE JOUR DE SA FÊTE PAR SES PETITS-FILS EN LEUR NOM ET EN CELUI DE LEUR MÈRE.

Sans rien attendre de plus
Accepte ce simple hommage ;
L'éloge de tes vertus
Est au-dessus de notre âge.
Nous savons bien mieux t'aimer,
Qu'en vers choisis exprimer
Nos vœux au jour de ta fête.
Quand nos mains te parent de fleurs,
Si Maman reste muette,
Nous sommes tous son interprète,
Et ces vers le sont de nos cœurs.

COMPLIMENT

A UN PÈRE PAR TOUS SES ENFANTS.

O le plus tendre et le meilleur des Pères,
Le jour de votre fête est la fête de tous.
Vous présenter des vœux sincères
Et nous régler sur tous vos goûts :
Voilà dans tous les temps notre soin le plus doux.

BOUQUET

A UN PÈRE ET A UNE MÈRE PAR LEUR ENFANT, LE JOUR DE SA FÊTE (DE L'ENFANT).

De ma main recevez le don de cette fleur;
Je vous destine cet hommage;
Ce présent que vous fait mon cœur
De ma candeur devient l'image.

Je vous en offrirai de plus beaux, de plus doux,
Dont je connaîtrai l'importance,
En échappant à mon enfance :
« Ce seront les vertus que je tiendrai de vous. »

COUPLET

D'UNE PETITE FILLE A SA MÈRE, LE JOUR DE SA FÊTE.

Ah! c'est une fête bien chère,
Car c'est la fête de mon cœur;
Ce bouquet exprime, ma Mère,
Tendresse, respect et bonheur.
Dans tes yeux que la gaîté brille,
Chasse au loin les tristes ennuis,
Entends tous les vœux de ta fille
Et qu'un baiser en soit le prix.

COUPLETS

PAR PLUSIEURS ENFANTS A LA FÊTE DE LEUR PÈRE.

Reçois de nos faibles essais,
Cher Papa, ce premier hommage :
Ils sont encor bien imparfaits,
Mais tu dois excuser notre âge.
Pour faire mieux, avec le temps
Nous emploîrons soins et courage;
Et quand nous aurons des talents
Tu jouiras de ton ouvrage.

R.

LE FILS AINÉ DE LA FAMILLE A UN PÈRE, LE JOUR DE SA FÊTE.

De tes enfants vois la touchante ivresse,
Père adoré, presses-les sur ton cœur;
Vois près de toi l'espoir de ta vieillesse,
Qui d'un sourire attend tout son bonheur.

Entre tes bras, quand ce jour les amène,
A leurs baisers livre-toi sans retour;
De nos liens resserre encor la chaîne;
Et tu verras augmenter leur amour.

UN PETIT GARÇON A SON PÈRE OU A SA MÈRE, LE JOUR DE LEUR FÊTE.

Pour bien rendre tout mon amour,
Mes vœux et ma reconnaissance,
En vain de ma voix en ce jour
Je veux implorer l'assistance.
Mon cœur, plein d'un doux sentiment,
Hélas! rend ma voix interdite...
Si sentir était un talent,
Qu'en ce jour j'aurais de mérite !

COMPLIMENT

A UNE MÈRE, PAR UN FILS ABSENT.

Dans mon jardin, bien peu de fleurs écloses
Bornent le choix, objet de tous nos vœux;
Le temps n'est plus où je t'offrais des roses,
Dont au printemps j'enlaçais tes cheveux.
Comme un beau songe, il fuit ce temps heureux;
Mais cette fleur te peindra, je l'espère,
Et mes chagrins, et mes sombres ennuis;
Un tendre fils n'a plus que des soucis,
Quand chaque jour il ne voit plus sa Mère.

BOUQUET

A UN PÈRE, LE JOUR DE LA SAINT-LOUIS.

Parmi les saints du Paradis,
Il en est un que je préfère,
Mes amis, c'est ce saint Louis,
Qu'aujourd'hui l'Église révère :
Ce qu'il a fait, je n'en sais rien ;
Mais il a le don de me plaire :
Vous demandez par quel moyen?...
Mes amis, vous le savez bien,
C'est le patron de mon bon Père.

COMPLIMENT

D'UN JEUNE ENFANT A SON PÈRE OU A SA MÈRE.

Mon professeur, fort honnête,
M'avait fait pour ta fête
Un fort beau compliment,
Bien tourné, bien savant;
Mais pour dire : « Je t'aime »,
Je n'ai besoin que de mon cœur;
Ce mot, plein de douceur,
Je le dis de moi-même :
« Oui, cher Papa, je t'aime. »

PLAINTES

D'UN PETIT ENFANT A SON PÈRE OU A SA MÈRE, PARCE QU'IL N'A NI BOUQUETS NI COUPLETS POUR LE FÊTER.

Qui me donnera des bouquets
Pour fêter { ma Mère, / mon Père,
Ou bien me fera des couplets
Que je ne puis faire?
Hélas, je suis si petit
Qu'à peine on me regarde!
Malheureux qui se hasarde
Quand il est petit.

J'ai bien cherché dès le matin
La rose nouvelle;
J'ai parcouru tout le jardin,
Inutile zèle.
Mes aînés avaient tout pris
Pour en parer ta tête.
Hélas! lorsque c'est ta fête,
Qu'ils pensent aux petits,
Aux pauvres petits!...

COMPLIMENTS

D'UNE SOEUR ET D'UN FRÈRE, LA PREMIÈRE RÉCLAMANT L'AIDE DE SON FRÈRE POUR ADRESSER DES VERS A SA MÈRE LE JOUR DE SA FÊTE, ET LE SECOND ACCÉDANT A SA DEMANDE.

LA SŒUR.

Lorsque je sais si bien aimer
Un bon Père, une tendre Mère,
Pourquoi donc ne puis-je exprimer
Jusqu'à quel point je les révère?
Je m'approche bien hardiment,
Mais soudain je reste muette.
Oh! mon Frère, dans ce moment,
Deviens mon interprète.

LE FRÈRE.

Oui, je veux redoubler de zèle
Pour mieux mériter leur amour :
Ma Sœur, je serai bien fidèle
A la promesse de ce jour :
Sans cesse occupé de lui plaire,
Et travaillant avec ardeur,
Je veux faire dire à ma Mère :
« Mes fils sont dignes de mon cœur. »

CONSOLATIONS

D'UN FILS AINÉ AU NOM DE SES FRÈRES ET DE SA MÈRE, A UN PÈRE QUI EST ENCORE SOUS LE POIDS DU CHAGRIN CAUSÉ PAR DE RÉCENTES PERTES.

Ne pleure pas, si la fortune adverse
A sur ton front fait tomber son courroux :
Plus que ses dons, les larmes que tu verses
Ont plus de prix et plus d'attrait pour nous.

Tes enfants, dédaigneux d'une vaine opulence,
Pour leur partage ont des biens précieux :
Tes modestes vertus, ta noble bienveillance,
L'amour pour le travail, et le respect de Dieu.

M. L.

COMPLIMENT

D'UNE JEUNE FILLE, LE JOUR DE SON ANNIVERSAIRE ET DE LA FÊTE DE SA MAMAN.

Quand le sort, au jour de ta fête,
Me fit naître pour ton bouquet,
Il voulut faire un coup de tête,
Maman, j'ai surpris son secret.
Je suis la plante fortunée,
Qui, pour toi, cherchant à fleurir,
Doit te présenter chaque année
De nouveaux boutons à cueillir.

BERQUIN.

COMPLIMENT

A UNE MÈRE, PAR L'AINÉ DE SES ENFANTS PARLANT AU NOM DE TOUS.

Pour vous offrir un bouquet,
Notre embarras est extrême;
Je crois que Flore elle-même
N'offrirait rien de parfait.
Où les trouver, ces fleurs par excellence,
Lorsque l'hiver exerce ses fureurs?
Où les trouver? elles sont dans nos cœurs.
Ces cœurs pleins de reconnaissance,
Pour vous, Maman, ne se glacent jamais;
C'est le seul bien qu'on possède à notre âge,
Et nous serons tous satisfaits
Si vous en acceptez l'hommage.

BOUQUET

D'UN ENFANT A UNE PARENTE.

Vous possédez mille vertus,
Vous avez la bonté, les grâces en partage,
Et mes vœux seraient superflus
Si j'en souhaitais davantage.
Tous les cœurs, en ce jour, vous doivent leur hommage,
Je ne viens, moi, vous offrir qu'une fleur,
Un timide respect, gage de ma candeur,
Que peut-on de plus à mon âge?

POUR L'ANNIVERSAIRE D'UN PÈRE.

Dans ce joyeux anniversaire,
Jour de fête et jour de bonheur,
Je vais te présenter, cher Père,
Les vœux sincères de mon cœur.
Que Dieu t'accorde l'abondance,
Tous les biens, surtout la santé;
Ton bonheur, c'est mon espérance,
Ta joie, c'est ma félicité.

R.

COMPLIMENT

D'UN ENFANT A SA MÈRE, LE JOUR DE L'ANNIVERSAIRE DE SA NAISSANCE.

C'est aujourd'hui l'anniversaire
Du jour heureux où tu naquis;
Ma Mère, un jour aussi prospère,
Doit à jamais plaire à ton fils.
Plein d'une impatience extrême,
Mon cœur appelait son retour,
Pour renouveler, en ce jour,
A la bonne Mère que j'aime
L'assurance de mon amour.

COMPLIMENT

A UN PÈRE PAR UN FILS, LE JOUR ANNIVERSAIRE DE SA NAISSANCE.

Je veux célébrer en ce jour
Le jour heureux de ta naissance;
De la vive reconnaissance,
Mon cœur, par un juste retour,
T'offre le doux tribut de son entier amour.
Je vis pour t'adorer, pour payer ta tendresse
De tous les sentiments que peut mettre en mon cœur
Un respect qui croîtra sans cesse :
Et toi, Papa, tu vis pour mon bonheur.

BOUQUET

D'UNE SOEUR A SON FRÈRE, LE JOUR DE SA FÊTE.

Pour te fêter, ô mon cher Frère,
Ma main a cueilli ce bouquet :
C'est peu qu'une fleur printanière,
Mais mon cœur se joint à l'œillet.

VERS

D'UN JEUNE ÉCOLIER A SA SOEUR AINÉE LOUISE, LE JOUR DE SA FÊTE.

Pour Louise, en particulier,
Je voudrais bien versifier !...
Mais qu'est-il besoin de redire
Ce qu'à tous nos cœurs elle inspire ?

BOUQUET

A UNE TANTE.

Quand je puis te fêter, ma Tante,
Mon cœur est vraiment satisfait :
Un sourire de toi me plaît:
Pour moi, j'aime à te voir contente,
Oh! c'est là mon plus doux souhait.

COUPLETS

D'UN ENFANT DE QUATRE OU CINQ ANS POUR LA FÊTE DE SA TANTE.

Ma Tante, c'est ta fête!
Je te la souhaite;
Et je viens pour te fêter,
Avec toi rire et chanter;
Ma Tante, c'est ta fête.

Le jour de ta fête,
Ma joie est complète :
Lorsque je puis t'embrasser,
Te voir et te caresser,
C'est un jour de fête.

LE MÊME A UN ONCLE.

Cher Oncle, pour ta fête,
On avait en tête
D'avoir deux couplets.
Bons ou mauvais, ils sont faits,
Pour chanter ta fête.

Pour chanter ta fête
En vain je souhaite
D'avoir de l'esprit.
Plus que l'esprit le cœur dit,
Cher Oncle, le jour de ta fête.

UN NEVEU A UN ONCLE QUI L'A ÉLEVÉ AVEC SES ENFANTS.

Si je partage avec tes fils
Tes soins touchants et ta tendresse,
Mon cœur pour t'en payer le prix
Fait même vœu, même promesse.
Puisque de son père un enfant
Ne peut être aimé davantage,
D'un fils tendre et reconnaissant
Mon cœur doit parler le langage.

UNE PETITE FILLEULE A SA MARRAINE.

Chaque jour je découvre en toi
Des raisons d'ajouter à ma tendresse extrême :
Il faut t'aimer, Marraine, ardemment comme moi,
Pour savoir à quel point je t'aime!

SAINT-LAMBERT.

A UNE PROTECTRICE OU MARRAINE.

Donnez-moi cette main si chère
Qui me protége et me défend,
Vous m'adoptez pour votre enfant...
Aurais-je mieux choisi ma mère?

QUATRAIN

DESTINÉ A ACCOMPAGNER UN BOUQUET.

De l'amitié reçois ce gage,
Mon cher Ami, ce sont des fleurs :
Elle t'offre ce pur hommage,
Il est né du fond du cœur.

COMPLIMENT COLLECTIF

DES ÉLÈVES D'UN PENSIONNAT A LEUR INSTITUTRICE.

En ce jour mille fleurs couronnent votre tête,
En tout temps votre cœur est orné de vertus :
Si le mérite était un nom de fête
Vous auriez un patron de plus.

VADÉ.

BOUQUET

A UN MAITRE DE PENSION, LE JOUR DE SA FÊTE.

Quels vœux peut-on former pour vous ?
Le bonheur nous sourit sans cesse,
Et vous avez notre tendresse :
Quels vœux peut-on former pour vous?
Vous êtes très-content de nous,
Vous l'avez dit; bon ! je vous vois sourire;
J'ai deviné votre secret.
Vous ne pouvez vous en dédire.
Ah ! n'en formez pas le projet.

AUTRE, A UNE INSTITUTRICE.

De jours heureux vos vertus sont le gage ;
Vos talents sont garants de nos nouveaux succès ;
Et votre nom, par nous répété d'âge en âge,
Ainsi que dans nos cœurs ne s'éteindra jamais.

COMPLIMENT

A UN BIENFAITEUR, LE JOUR DE SA FÊTE.

Un silence respectueux,
Un pur encens, un simple hommage
Me paraît le plus doux langage
Qu'on puisse présenter aux dieux :
Je dois vous honorer comme eux,
Vous êtes pour moi leur image.

COMPLIMENT

POUR UN AMI, LE JOUR DE SA FÊTE.

Ici je ne viens pas exprès
Te souhaiter ta fête ;
Je n'apporte pas de bouquets
Pour en couvrir ta tête.
A ceux qui vont rire de moi
D'avance ma réponse est faite :
Pour des amis comme moi, comme toi
Tous les beaux jours sont jours de fête.

REMERCIMENTS, SOUHAITS

PRIÈRES, CONSEILS, ETC.

BIENVENUE

A UN PÈRE PAR SES ENFANTS, AU RETOUR D'UN LONG VOYAGE.

Attendri par notre prière
Le Ciel nous rend notre père.
Père chéri ! quel heureux jour
Pour nos cœurs et pour notre mère.
Veux-tu sécher toutes nos larmes,
Chasser nos dernières alarmes ?...
Près de nous, restant désormais,
Père... ne t'en vas plus jamais.

Dr D.....

COMPLIMENT

D'UN ENFANT A UN MÉDECIN QUI AURAIT SAUVÉ SON PÈRE.

Docteur, dont l'art heureux et la haute science
Vient d'arracher mon père aux horreurs du trépas,
Quand loin de nous tu vas porter tes pas,
Compte sur ma reconnaissance ;
Pour toujours gravé dans mon cœur,
Ton nom s'unit au nom sacré d'un père :
Ta mémoire à jamais, Docteur, nous sera chère,
Tu nous as rendu le bonheur.

UNE PETITE FILLE A SA GRAND'MÈRE

De la maison, je veux, avec Grand'Mère,
Prendre le soin, sans cesse travailler,
Faire toujours ce que je pourrai faire,
Et sur ses jours soir et matin veiller,
Par mes travaux soulager sa vieillesse,
Lui épargner maints et maints déplaisirs ;
Si chaque jour j'éprouve sa tendresse
Pourrai-je encor former d'autres désirs ?

VERS

D'UNE JEUNE DEMOISELLE PRÉSENTANT A SA MÈRE LE PORTRAIT QU'ELLE-MÊME A DESSINÉ.

Que mon crayon est infidèle
Pour tracer ce portrait charmant !
Plus l'œil est épris du modèle,
Plus la main tremble en l'imitant.
Je vois une grâce nouvelle
Éclore à chaque trait nouveau :
Génie, toi qui formas Apelle,
Viens m'éclairer de ton flambeau.

DORAT.

COMPLIMENT

A UNE MÈRE CONVALESCENTE PAR UN OU PAR L'AINÉ DE SES ENFANTS.

O toi! que ton danger nous a rendue plus chère,
Compte sur notre amour et sur nos sentiments;
Te servir, t'adorer, ne chercher qu'à te plaire,
Est un nouveau devoir pour tes heureux enfants.

COMPLIMENT

D'UNE JEUNE DEMOISELLE, EN ATTACHANT A LA BOUTONNIÈRE DE SON PÈRE LE RUBAN DE LA CROIX DE LA LÉGION D'HONNEUR, DONT IL VIENT D'ÊTRE DÉCORÉ.

Ce signe de l'honneur qu'un cœur noble ambitionne,
Ce prix de tes vertus, que t'accorde un grand roi,
Honore également, et par la même loi,
Celui qui le reçoit et celui qui le donne.

UN PETIT GARÇON PRÉSENTANT A SES PARENTS LE PRIX QU'IL VIENT D'OBTENIR.

Chers Parents, si, dans mon ivresse,
Ce prix vient combler tous mes vœux,
Ne doutez pas de ma tendresse,
C'est pour vous que je suis heureux;
C'est à vous que mon cœur s'adresse,
Pour récompenser vos bons soins...
Vous, les soutiens de ma jeunesse,
De mon bonheur soyez témoins.

R.

UNE PETITE FILLE PRÉSENTANT A SES PARENTS LA COURONNE QU'ON LUI A DÉCERNÉE A SON PENSIONNAT.

Mes chers Parents, la récompense,
Le prix que je viens d'obtenir,
M'a fait concevoir l'espérance
Que si je voulais vous l'offrir
Vous en accepteriez l'hommage,
Vous en accepteriez l'honneur,
Comme un bien faible témoignage
Des vrais sentiments de mon cœur.

R.

VERS

D'UN FILS A SA MÈRE, EN LUI ENVOYANT LES LIVRES QU'IL A OBTENUS POUR PRIX.

Oui, ces livres que je t'adresse
De mes travaux sont le doux prix.
Tu pourras, par une caresse,
Les rendre encor bien plus chers à ton fils.
Je ne parle point de la gloire
Qui suit la palme du vainqueur,
Je ne chéris de ma victoire
Que le plaisir d'avoir fait ton bonheur.

AUTRE.

En travaillant je pensais à mon Père ;
De remplir ses souhaits mon cœur était jaloux :
Ma tête s'exaltait par l'espoir de lui plaire,
Mon avenir était aimable et doux !
Enfin, pour le vainqueur, c'est moi que l'on proclame,
Chacun enviait cet honneur ;
Et moi, sous les lauriers, je pensais en mon âme,
A mon Père, à ma Mère, à mes Frères, à leur cœur.

UN JEUNE ENFANT REMERCIANT UN AMI DE SA FAMILLE, POUR LES LIVRES QUE CELUI-CI LUI A ENVOYÉS POUR ÉTRENNES.

Les dons que l'on fait à l'enfance
Souvent ne flattent que les yeux.
Mais votre cadeau précieux
A flatté mon intelligence.

Oui, je fus fier de recevoir
Ces beaux livres, chers à l'étude !
Où votre amitié se fait voir
Puis-je cacher ma gratitude ?

Oh ! si j'avais un jour l'esprit
De faire un livre, vers ou prose,
Je voudrais avant toute chose
Que votre nom y fût inscrit.

C. M.

REMERCIMENT

D'UNE JEUNE DEMOISELLE A SA PROTECTRICE EN LA QUITTANT.

Par vos tendres bontés, près de vous accueillie,
Pour la dernière fois, j'ose les implorer :
Mon bonheur le plus grand fut de les inspirer.
Je porte avec orgueil le nom de votre amie :

Je veux peindre, en partant, dans toute leur candeur,
Mon respect, mes regrets et ma reconnaissance,
Ces sentiments profonds que votre bienveillance
D'un trait ineffaçable a gravés dans mon cœur.

COMPLIMENT

A UN PROTECTEUR.

De nos mains recevez ces fleurs ;
Dans le nœud étroit qui les presse,
Dans l'union de leurs couleurs,
Voyez toute notre tendresse.

De nos plus tendres sentiments,
Que ces fleurs pour vous soient l'emblême !
Vous nous appelez vos enfants,
Et nous, nous vous aimons de même.

UNE JEUNE DEMOISELLE ENVOYANT A UNE DE SES AMIES UN OUVRAGE FAIT PAR ELLE.

C'est l'amitié qui t'offre cet ouvrage
Que de sa main tu ne peux refuser,
Chère Amélie… S'il peut t'intéresser
Il m'en plaira bien davantage.

A UNE JEUNE DAME VEUVE QUI VIVAIT EN COMPAGNIE DE SON PÈRE.

Un jeune enfant, et qui ne flatte guère,
Vous fait, Madame, un vœu bien doux :
Portez-vous bien pour le plus digne père !
Et qu'il se porte bien pour vous !

PRIÈRE

D'UNE PETITE FILLE A SON PÈRE POUR LUI DEMANDER LA GRACE DE SON FRÈRE.

Si je viens à vous, mon cher Père,
Pour vous demander la faveur
D'accorder la grâce à mon frère,
C'est que je connais votre cœur ;
Je le sais, sa faute est très-grande,
Cher Père ; mais vous êtes si bon…
Écoutez mon humble demande,
Et donnez lui un doux pardon.

R….

UNE SOEUR, FÂCHÉE AVEC SON FRÈRE, LUI ADRESSE LE QUATRAIN SUIVANT :

Si mon Frère est grave ou volage,
Je ne veux rien lui reprocher :
S'il ne l'est pas, c'est un outrage ;
S'il l'est, ce serait le fâcher !

RÉPONSE

D'UNE SOEUR A UN PETIT FRÈRE EN PENSION, QUI L'APPELAIT OUBLIEUSE.

Pour toi ma constance est connue ;
Mon Frère, abjure ton erreur :
On peut bien te perdre de vue,
Mais jamais te perdre de cœur.

RÉPONSE

D'UN PETIT ÉCOLIER A SA SOEUR QUI LUI AVAIT ENVOYÉ UN CADEAU.

Votre cadeau, ma Sœur très-chère,
Pour moi n'est point une faveur :
Quand les bienfaits sont dans le cœur,
La mémoire n'a rien à faire.

CONSEIL

D'UN PETIT GARÇON A UN FRÈRE OU A UN AMI FORT SUJETS
A SE METTRE EN COLÈRE.

Un certain Grec disait à l'empereur Auguste,
Comme une instruction utile autant que juste,
Que lorsqu'une aventure en colère nous met,
Nous devons avant tout dire notre *alphabet*,
Afin que dans ce temps la bile se tempère
Et qu'on ne fasse rien que ce que l'on doit faire.

MOLIÈRE.

UN PETIT GARÇON A SON JEUNE AMI, QU'IL AVAIT OFFENSÉ,
POUR LUI DEMANDER PARDON.

C'est en tremblant que ton ami t'approche!
Il sent sa faute et connaît ta bonté.
Venge-toi donc : je l'ai trop mérité :
Mais épargne-moi le reproche.

VERS

D'UN PETIT JEUNE HOMME A UN DE SES PETITS AMIS.

Tout doit resserrer un lien,
Ami, tel que le nôtre :
Avant que vous fussiez le mien,
J'étais déjà le vôtre!

SUR LE MÊME SUJET.

Qu'un ami véritable est une douce chose!
Il cherche vos besoins au fond de votre cœur;
Il vous épargne la pudeur
De les lui découvrir vous-même.
Un songe, un rien, tout lui fait peur
Quand il s'agit de ce qu'il aime.

LA FONTAINE.

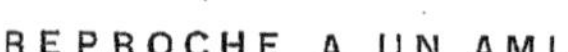

REPROCHE A UN AMI.

Dans tes lettres que je recueille
Laisse moins du blanc, par pitié;
Quand on écrit à l'amitié,
Le cœur peut bien remplir la feuille.

REPROCHES A UN AMI QUI A NÉGLIGÉ DEPUIS LONGTEMPS DE VOUS DONNER DE SES NOUVELLES.

De l'absence de vos nouvelles
Tout le monde gémit ici;
Au loin nous braquons nos prunelles...
Impossible de vivre ainsi!
Les vrais amis sont moins avares
De ce qui charme notre sort.
Quand les bons amis sont si rares,
Un ami de moins c'est la mort.

E. DE M.

DISTIQUES & QUATRAINS

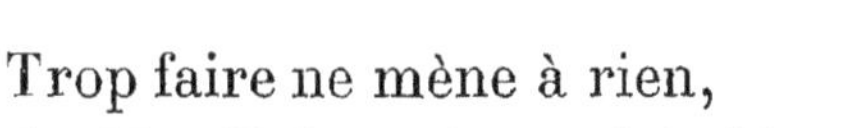

Trop faire ne mène à rien,
Ami !... Fais moins et fais bien.

Songe qu'il faut, pour bien comprendre,
Voir, écouter, et bien entendre.

Lorsque le cœur te dit : « Tu fais le bien ; »
Dédaigne la critique, et ne redoute rien.

Gardons-nous, mon ami, de trop rire des autres :
Les sottises d'autrui n'excusent pas les nôtres.

Dût-il à la fortune allier la grandeur,
Tout mortel sans vertus cherche en vain le bonheur.

Marche toujours par le plus court chemin,
Et tiens toujours la Raison par la main.

En faisant bien, si tu peux plaire,
Crois que c'est doublement bien faire.

Lorsque sur un ami tombe la bienfaisance,
C'est un plaisir ressenti par moitié.
Et dans ce cas laissons aux soins de l'amitié
Les frais de la reconnaissance.

Pour qui n'osait espérer qu'à demi,
Est-il plaisir plus grand, lorsque moins on y pense,
Que de se retrouver après très-longue absence
Dans les bras d'un ancien ami!

Le menteur le plus effronté
Doit se trouver bien méprisable,
Quand tout, même la vérité,
Dans sa bouche n'est qu'une fable.

Ami, content ou mécontent,
Une journée est toujours bonne
Pour qui peut dire en se couchant :
« Je n'ai fait de mal à personne. »

Lisez si vous voulez bien dire :
Et comptez que plus vous lirez,
Plus chaque jour vous sentirez
Pour bien parler qu'il faut s'instruire.

Heureux qui se sent satisfait
Du rang où le Ciel le fit naître !
Qui prétend être plus qu'il n'est
Souvent risque de ne rien être.

Avoir un tort, n'est pas chose bien rare,
Et si, toujours, chez un cœur généreux,
Un franc aveu le répare,
Qui s'y refuse en a deux.

Heureux chez qui se trouve l'assemblage
Des deux vertus qui, même à des mortels,
Firent, jadis, élever des autels :
La patience et le courage !

L'ignorant téméraire
Pense pouvoir tout faire :
Et l'homme instruit ne veut
Faire que ce qu'il peut.

TABLE DES MATIÈRES

VERS A L'OCCASION DU JOUR DE L'AN.

Étrennes d'un petit enfant à son papa et à sa maman........ 3
Compliment à un père par un jeune enfant........ 3
Vers à une grand'mère par ses petits-enfants........ 4
Compliment d'un fils à son père et à sa mère........ 4
Couplets d'un enfant à son père........ 5
Compliment d'un petit-fils à son grand-papa........ 5
Compliment d'un petit enfant à ses parents........ 6
Compliment d'un petit enfant à son père........ 6
Compliment d'un fils à sa mère........ 7
Compliment collectif à un père et à une mère, par leurs enfants........ 7
Bouquet d'une jeune demoiselle à sa mère en lui envoyant, pour étrennes, un ouvrage de tapisserie........ 8
Quatrain pour le premier de l'an, envoyé par un petit garçon à son frère aîné, collégien........ 8
Compliment de deux enfants, un frère et une sœur, qui ont obtenu des prix à l'école, le nouvel an........ 9
Un petit garçon à sa sœur aînée, Henriette........ 9
Bouquet à une amie, en lui envoyant des fleurs au nouvel an........ 10
Compliment d'un neveu à son oncle, au nouvel an, en lui faisant un présent. 10
Compliment d'une filleule à sa marraine, en lui présentant un petit ouvrage fait de sa main........ 10
Compliment d'un jeune garçon ou d'une jeune fille, à leur marraine........ 11
Pour une filleule ou un filleul à son parrain........ 11
Pour une filleule à sa marraine........ 11
Pour un filleul à une marraine........ 12
Compliment d'un petit garçon ou d'une petite fille à un protecteur ou bienfaiteur........ 12
Compliment à un bienfaiteur........ 12

VERS A L'OCCASION DES FÊTES, ANNIVERSAIRES, ETC.

Bouquet à un papa ou à une maman... 13
Couplet chanté par un enfant à sa maman, le jour de sa fête........ 13
Compliment d'un jeune enfant à sa mère. 14
Bouquet d'un petit enfant à sa mère... 14
Envoi d'un bouquet à une mère........ 14
Couplet présenté à une mère, le jour de sa fête, par sa fille cadette........ 15
Compliment d'une petite fille à sa mère. 15
Compliment d'un jeune écolier à son père........ 16
Couplets à réciter par un petit enfant, dans une réunion de famille, à l'occasion de la fête d'une mère ou d'un père........ 16
Bouquet à une grand'mère, le jour de sa fête, par ses petits-fils, en leur nom et en celui de leur mère........ 17
Compliment à un père par tous ses enfants........ 17
Bouquet à un père et à une mère, par leur enfant le jour de sa fête (de l'enfant)........ 18
Couplet d'une petite fille à sa mère.... 18
Couplets par plusieurs enfants à la fête de leur père........ 19
Le fils aîné de la famille à un père, le jour de sa fête........ 19
Un petit garçon à son père ou à sa mère, le jour de leur fête........ 20
Compliment à une mère par un fils absent........ 20

Bouquet à un père, le jour de la Saint-Louis... 21
Compliment d'un jeune enfant à son père ou à sa mère... 21
Plaintes d'un petit enfant à son père ou à sa mère, parce qu'il n'a ni bouquets ni couplets pour le fêter... 22
Compliments d'une sœur et d'un frère, la première réclamant l'aide de son frère pour adresser des vers à sa mère, le second accédant à sa demande... 23
Consolations d'un fils aîné, au nom de ses frères et de sa mère, à un père qui est encore sous le poids du chagrin causé par de récentes pertes... 24
Compliment d'une jeune fille le jour de son anniversaire et de la fête de sa maman... 24
Compliment à une mère, par l'aîné de ses enfants, parlant au nom de tous. 25
Bouquet d'un enfant à une parente... 25
Pour l'anniversaire d'un père... 26
Compliment d'un enfant à sa mère, le jour de l'anniversaire de sa naissance... 26
—*Idem* à un père par son fils... 27
Bouquet d'une sœur à son frère, le jour de sa fête... 27
Vers d'un jeune écolier à sa sœur aînée Louise, le jour de sa fête... 27
Bouquet à une tante... 28
Couplets d'un enfant de quatre à cinq ans, pour la fête de sa tante... 28
Le même, à un oncle... 29
Un neveu à un oncle qui l'a élevé avec ses enfants... 29
Une petite filleule à sa marraine... 30
A une protectrice ou marraine... 30
Quatrain destiné à accompagner un bouquet... 30
Compliment collectif des élèves d'un pensionnat à leur institutrice... 31
Bouquet à un maître de pension, le jour de sa fête... 31
Autre, à une institutrice... 31
Compliment à un bienfaiteur, le jour de sa fête... 32
Compliment à un ami, le jour de sa fête... 32

REMERCIMENTS, SOUHAITS, PRIÈRES, CONSEILS, PROMESSES, ETC.

Bienvenue à un père par ses enfants, au retour d'un long voyage... 33
Compliment d'un enfant à un médecin qui aurait sauvé son père... 33
Une petite-fille à sa grand'mère... 34
Vers d'une jeune demoiselle présentant à sa mère le portrait qu'elle-même a dessiné... 34
Compliment à une mère convalescente, par un ou par l'aîné de ses enfants... 35
Compliment d'une jeune demoiselle, en attachant à la boutonnière de son père le ruban de la croix de la Légion d'honneur, dont il vient d'être décoré... 35
Un petit garçon présentant à ses parents le prix qu'il vient d'obtenir... 35
Une petite fille présentant à ses parents la couronne qu'on lui a décernée à son pensionnat... 36
Vers d'un fils à sa mère, en lui envoyant les livres qu'il a obtenus pour prix... 36
Autre, pour le même sujet... 37
Un jeune enfant remerciant un ami de sa famille, pour les livres que celui-ci lui a envoyés pour étrennes... 37
Remercîment d'une jeune demoiselle à sa protectrice, en la quittant... 38
Compliment à un protecteur... 38
Une jeune demoiselle envoyant à une de ses amies un ouvrage fait par elle. 39
A une jeune dame veuve vivant en compagnie de son père... 39
Prière d'une petite fille à son père, pour lui demander la grâce de son frère... 39
Une sœur, fâchée avec son frère, lui adresse un quatrain... 40
Réponse d'une sœur à un petit frère en pension, qui l'appelait «oublieuse». 40
Réponse d'un petit écolier à sa sœur, qui lui avait envoyé un cadeau... 40
Conseil d'un petit garçon à un frère ou à un ami, forts sujet à se mettre en colère... 41
Un petit garçon à son jeune ami, qu'il avait offensé, pour lui demander pardon... 41
Vers d'un petit jeune homme à un de ses petits amis... 41
—Sur le même sujet... 42
Reproche à un ami... 42
A un ami qui a négligé depuis longtemps de vous donner de ses nouvelles... 42
DISTIQUES ET QUATRAINS... 43

LIBRAIRIE FRANÇAISE ET ANGLAISE DE J.-H. TRUCHY

PRIMERS AND TOY-BOOKS.

BROWN et STEPHENS. Syllabaire anglais-français, ou Méthode facile et élémentaire pour l'enseignement de l'anglais aux jeunes enfants, 132 *sujets coloriés*. In-18 cart. 3 fr.

AL. KOENIG. Neuestes Kinder-Alphabet, oder : **Erstes Buch für die Jugend**. 1 vol. gr. in-16. fig., cart. 1 fr. 80

The Pictorial Word-Book, in english and french, containing 400 engravings of common objects for the amusement and instruction of children by AL. KINGSON. Album gr. in-8 cart. 400 gravures coloriées. 3 fr.
— Gravures noires. 2 fr.

Illustrirte Worte (le même ouvrage que ci-dessus, allemand-français), gravures coloriées. 3 fr.
— Gravures noires. 2 fr.

ALPHABETS.

Les premiers pas de l'Enfance, nouvel alphabet facile et amusant, contenant de nombreux exercices d'épellation. Album gr. in-8, grav. coloriées. 1 fr. 50

Alphabet des mères de famille, ou Méthode graduée et facile pour apprendre à lire aux jeunes enfants, par L. GERMAIN. 1 vol. in-12, nombreuses gravures, cart. chromo 1 fr. 50

Mme NASLIN. Nouvelle Methode de lecture, ou l'Art d'enseigner à lire aux enfants au moyen de gravures. 1 vol. in-12, cartonné. 2 fr.

ALBUMS.

Un mot, un son! Petits récits enfantins, composés en mots d'une syllabe, par JULES FÉLIX. Nombreuses gravures coloriées, album gr. in-8 cart. 2 fr.

Mots divisés par syllabes, Vingt-deux Historiettes amusantes, par JULES FÉLIX. Nombreuses gravures coloriées (22 grands sujets). Album grand in-8 cartonné. 2 fr.

La Promenade avec la maman, une visite à la Ferme, par EDMOND DÉGLISE. Illustré de 22 grands sujets coloriés. Album gr. in-8 cart. 2 fr.

Mme GASSIES. Histoire Sainte abrégée mise à la portée des Enfants de 4 à 6 ans, nombreuses gravures. Album grand in-8 cartonné. 2 fr.

LIVRES DE LECTURES FACILES.

Leçons amusantes pour les petits enfants, par Mme BARBAULD; revues par Mme FANNY RICHOMME; contenant : *Causeries enfantines*, *Entretiens utiles*, *Historiettes instructives*, *Petites Histoires*, 4 jolies lithographies, par CAMILLE LASSALLE. 1 vol. in-18 cart. chromo. 1 fr. 50

Mme GASSIES. Lecture des petits Enfants. 4 gravures, 26 historiettes. 1 vol. in-18 cartonné. (Pour faire suite aux *Etrennes de Cadmus*.) 2 fr

——**Les deux Cousines** ou **Louise et Marie**, orné de 4 jolies lithographies par CAMILLE LASSALLE. 1 vol. in-18 cart. 2 fr.

——**De la création des choses**, leçons élémentaires, suivies de l'Histoire de Moïse. 1 vol. in-18 cart., gravures. 2 fr.

Les Vacances de Victor et de Marianne, simples récits pour la jeunesse, par JULES FÉLIX; 4 lithographies par C. LASSALLE. 1 vol. cart. chromo. 2 fr.

Le jeune Observateur des beautés de la nature, lectures récréatives pour les enfants; imité de l'anglais par Mme CLÉM. O'MAHONY. 4 jolies lithographies par CAMILLE LASSALLE. 1 vol. in-18 cart. chromo. 2 fr.

CHAMPFLEURY. Les bons Contes font les bons Amis (cinq jolis contes avec 70 dessins par E. Morin). Album grand in-8 jésus, cart., dos en toile. 5 fr.

Paris. — Imprimé chez Jules Bonaventure, 55, quai des Grands-Augustins.

www.ingramcontent.com/pod-product-compliance
Ingram Content Group UK Ltd.
Pitfield, Milton Keynes, MK11 3LW, UK
UKHW020404220726
13923UKWH00004B/1741